KB260884

조인자 시집
그리운 달빛

국립중앙도서관 출판시도서목록(CIP)

그리운 달빛 : 조인자 시집 / 지은이: 조인자. — 서울 : 한누리미디어, 2011
  p. ; cm

ISBN 978-89-7969-398-0 03810 : ₩8000

한국 현대시[韓國 現代詩]

811.7-KDC5
895.715-DDC21   CIP2011003857

조인자 시집

그리운 달빛

한누리미디어

시 속에 길이 있었다. 내가 꽃이 되고, 나무가 되고, 산과 들이 되고, 바다와 강물이 되는 길이 있었다. 시 속에 꿈과 사랑이 있었다. 내 마음을 맑게 다스리고 환희에 이르게 하는 길이 있었다. 꿈꾸는 힘으로만 갈 수 있는 길이 있었다.

때때로 눈보라 치고 비바람 부는 힘든 길이었지만 그 길을 버리지 못하고 걸어왔다.

그 길에서 쓴 시들을 한데 모아 본다.

햇빛은 늘 눈부신 아침으로 다가오고 나는 날마다 이 세상에서 가장 아름다운 길을 꿈꾸어 본다.

2011년　여름

조인자

목차

제**1**부

환희

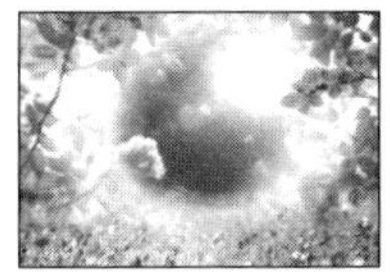

제2부

양수리에서

제4부

지상의 불빛

제5부

나
의
별
나
의
천
사

제6부

제1부

백제시편

백제의 기왓장 한 장에도

백제의 기왓장 한 장에도
백제의 피가 흐르느니
일본 땅에서 만나는
찬란했던 백제문화의 유물들이여
백제의 살과 피여

우리 마음 속 강물은
백제의 옛 땅으로 거슬러 흘러가느니
도공이 진흙 덩이에 연꽃 무늬를 새기듯
'백제' 라는 두 글자 내 맨살에 아프게 새겨 보네

깨어진 기왓장 한 장에서도
백제의 불굴의 혼은 생생하게 살아나고
뜨거운 가슴으로 뜨거운 눈물로
우리를 껴안는 백제의 숨결

백제여
우리 정신의 푸른 땅, 푸른 하늘이여
우리를 일으켜 세우는 눈부신 빛이여

동대사(東大寺) 비로자나대불

키 16m 19cm의
세계에서 제일 큰 청동불상을 만드신
위대한 백제인 조불사
국마려(國痲呂) 선생이시여

얼마나 간절한 큰 원(願)이 모여서
이렇게 거대한 부처님을 만들어 내셨습니까?

빌고 또 빌며 살 수 밖에 없는
불쌍한 중생들의 소리에
귀 기울이고 계신 부처님

부처님을 바라보면서 올리는 기원들
끝도 한도 없사오나
아름다운 화엄의 세상을 꿈꾸는
모든 사람들의 원이 이루어지게 하소서.

웅대하고 장엄한 백제의 정신이 만들어 낸
비로자나대불의 광채
아침 햇살에 더욱 찬연히 뻗쳐 오르고 있사오니.

칠지도(七支刀)

서기 369년에 백제 근초고왕이
후왕(侯王)인 왜왕에게 하사한 칼 칠지도
무수히 담금질한 쇠로 만들었다는 칠지도

칼 앞뒷면에 근초고왕의 마음이
한문자로 금상감 되어 있네.

모든 적을 물리치고 평화롭게 살기를
기원했던 칼
"후세에까지 잘 전해서 보이도록 하라"고 한 칼
나뭇가지를 닮은 칼의 의미를 다시 새겨 보네.

수많은 침략의 칼들이
죄 없는 사람들의 피를 흘리게 했을 때
역사의 어둠 속에서 징소리로 울었을 칠지도여.

전쟁을 일으키는 잔악한 칼들이 모두 나무로 변할 때
이 지상에 진정한 평화는 오리.

용맹한 백제의 정기 서린

뛰어난 철제 기술의 신검 칠지도
1640여 년이라는 오랜 세월이 흘러
녹이 슬어갈지라도
천둥, 번개 소리로 하늘을 가르는
강인한 정신의 칠지도 한 자루
우리들 마음 속에서 시퍼렇게 번쩍이고 있네.

백제인 행기(行基) 큰스님

대가람 동대사(도다이지)를 창건하는데
온 힘을 다하셨던 행기 큰스님

포시옥을 만들어
굶고 헐벗은 백성들에게
잠자리와 밥과 옷을 주셨던 스님

삼백 개가 넘는 다리를 만들어
강물과 냇물을 잘 건너다니게 하시고
자비의 설법으로 고단한 중생들에게
위로와 살아갈 힘을 주셨던 스님

행기 큰스님은 살아 있는
부처님이셨습니다.

스님 가신 지 1,200년도 더 되었건만
스님의 덕행을 기리는
오사카에 있는 '행기대교' 에는
차들이 씽씽 달리고 있고
오늘도 동대사의 종소리는

푸르게 울려 퍼지고 있습니다.

영원의 빛 가운데 우뚝 서 계신
행기 큰스님

스님의 자비의 향기
저희들 마음 속 깊이 스미어
향기로운 꽃으로 피어나고 있습니다.

왕인 박사님

일본 오진왕 때
천자문과 논어 10권을 가지고
일본의 왕자들을 가르치러 가신
백제의 오경(五經) 박사 왕인 박사님

일본말을 한문자(漢文字)로 쓸 수 있게 하시고
백제의 아직기 왕자와 함께
일본 문자 '가나' 를 처음으로 만드신 박사님

문맹의 캄캄한 어둠 속을 벗어나
빛의 날개를 달고
힘차게 날았던 사람들이여.

박사님께서 지으신 '난파진가' (難波津歌)
목간에 적어 옛 사람들 글공부했으니
그 시가가 일본 와카(短歌)의 효시가 되었네

일본의 학성(學聖)
고마우신 일본 문화의 스승이며 은인이신
박사님의 사당에는

일본인 참배객들 줄을 잇고 있으니
참으로 위대한 문자의 힘
가르침의 힘이여.

백제 관음상* 앞에서

소리도 보실 수 있다고요?

그러면 중생의 아픈 소리도
환히 보이십니까?

백제가 신라와 당나라의 연합군에 짓밟혀 망할 때
백제 황산벌의 피울음소리도 보셨겠네요.
요동 벌판을 헤매던
고구려 유민들의 통곡소리도 보셨겠네요.

지금도 백제의 수도였던 부여 땅에서는
억울한 땅 울음소리가 들립니다.

진실로 당신이 소리를 듣고
그 소리를 보실 줄 아신다면
일본 땅에 계셨던 당신도
참으로 많은 피눈물을 쏟으셨을 것입니다.

백제인의 손길로 빚어진 당신
참으로 아름다운 당신

당신의 신통력으로 백제, 고구려, 신라
다 같은 단군의 자손인 우리가
다시는 서로 싸우며
피 흘리는 일이 없게 하소서.

우리도 당신처럼 자비의 빛과 향기를 지니고
한세상을 살게 하소서.

*백제 관음상 : 7세기 초에 백제 위덕왕이 일본에 보낸 구세관음상. 현재
　일본의 국보이며 나라 호류지에 모셔져 있다.

왕인(王仁) 묘역에서

천자문과 논어 열 권을 가지시고
현해탄 바다 건너 일본으로 가신 뒤
다시는 고향 땅으로 돌아가지 못하셨지요.

고향 그리시던 마음 달래 드리려고
전남 월악산 밑, 영암 땅의
그 눈부신 달밤을 옮겨 드리지는 못하고
누군가 박사님 묘역에
백제의 꽃, 무궁화 꽃나무 많이도 심어 놓았네요.
한 쌍의 솟대도 세워 놓았네요.

솟대의 새들 아직도
눈물 그렁그렁 백제 하늘 쪽을 바라보고 있네요.

문자의 빛으로 일본 땅을 밝히신 박사님
무궁화 꽃들에 둘러싸여 계시는 박사님
1,500년이란 오랜 세월이 흘렀어도
박사님은 우리의 위대한 할아버님으로
백제의 정신으로 살아 계시느니
백제의 후손인 저희들 마음 속에도
무궁화 꽃들이 활짝 피었습니다.
백제 사랑의 꽃들이 피었습니다.

백제왕신사(百濟王神社)에서

백제가 망한 뒤에 백제민들을 이끌고
일본 땅으로 갔던
백제 왕족 선광왕의 신주를 모신
백제왕신사가
일본 땅 오사카 한복판에 당당히 서 있네.

일본 땅에 나라를 세우고
그 나라를 오늘날까지 이끌어 온 백제의 후손들이여
그대들의 피 속에는
백제의 피가 흐르고 있느니

피는 물보다 뜨거운 것
백제(百濟)라는 글자를 보는 순간
우리들의 뜨거운 가슴
활화산처럼 솟구쳐 오르느니
옛 백제인들의 터전이었던 오사카
한복판에서 생생하게 살아 있는 백제를 만난다.

구다라(큰 나라)라고 불리웠던
백제 문화의 참 모습을 만난다.

사리존승사(舍利尊勝寺)에서

오사카 북백제촌에 있는 사리존승사의
원래 이름은 백제사였네.

말 못하는 벙어리였던 이쿠노 장자의 아들에게
전생에 성덕태자가 맡겨 놓았다는
부처님의 사리 세 알을 아이가 울면서 뱉어내자
말문이 트였다는 이야기
아들이 말문이 트인 것을 기뻐하며
불심이 돈독했던 백제인 이쿠노 장자가 지었다는 절 백제사
지금의 사리존승사도 사천왕사도 6세기 말에
백제에서 초빙해 온 백제인 건축가들이 지은 절이라네.

오늘날의 일본의 건축회사 공고구미(金剛組)로 이어진
백제의 빼어난 건축술, 백제의 건축문화.

백제사를 사리존승사로 이름을 바꾼다고
백제의 숨결이 지워질 수 있는가?

사리존승사 앞에서
죄의 응혈들 다 뱉어내고

우리 가슴 속을
연꽃 부처님 자비의 말씀으로만 가득 채워서
꽃이 되고 열매가 되는 말만 하며 살고 싶네.

사리를 뱉어내고 이쿠노 장자의 아들이 처음으로 했다는 말
'감사합니다' 라는 말 제일 많이 말하며 살고 싶네.

백제사 빈터에서

동탑과 서탑의 주춧돌들을 쓰다듬으며
도로 진흙으로 돌아가려는
눅눅한 기왓장들을 어루만지며
옛 백제사 그리워 우는 바람.

바람이 백제사 옛 절을 다시 세우고
바람이 동탑과 서탑을 다시 세우고
바람이 만든 동종을 울리느니
우리들 가슴 속으로 파고드는 백제의 종소리여.

백제사 빈터에 와서 우리는
바람의 독경소리를 듣는다.
맑고 향기로운 바람의 법문을
고승이 된 바람에게 전해 듣는다.

그 옛날 백제 사람들을 따라온 바람은
아무 데도 가지 않고
백제사 빈터를 지키고 있었다.
백제 사람들이 하던 일을 따라하고 있었다.

제 2 부

한희

환희

돌도 안 된 아기가
만개한 붉은 장미꽃들을 보고
손뼉을 친다
도리도리를 한다.
이 세상에 태어나서 장미꽃과의 첫 인사.

아―아― 하고 목청껏 소리를 지른다.
저 순도 백퍼센트의 환희
그 환희 속으로 잠적하고 싶다.

월풀*

최상의 물꽃으로 피어나기 위해
물들이 수정의 다이나마이트를 입에 문 채
뾰족한 절망의 바위에
온몸 던지고 있다.
폭발하고 있다.

협곡을 흔드는 거대한 폭발음
폭죽으로 터지는 물꽃들, 물꽃들……

나이아가라 폭포였던 저 물들
황홀의 극치를 맛본 물들
소용돌이치면서도
참으로 지독한 꽃의 꿈을 꾸고 있다.

*월풀 : 캐나다에 있는 물의 소용돌이가 아름답기로 유명한 곳

녹우당*에서

조선시대 선비의 글 향기, 먹 향기
푸르고 푸르러
아직도 후학들을 가르치고 계시는가.

"하늘 천, 따지" 하며 내리는 눈
"가갸, 거겨" 하며 내리는 비

이 고택에 오래 머물면
절로 유식해지는 바람처럼
나도 이 곳에 오면 어쩔 수 없이
푸른 향기의 독 오르는 청청한 한 그루
조선 소나무 되네.

청정수 한 그릇 올리듯 시 한 수 올리고
마음 속으로 큰절하고 돌아서는 곳
우리가 기댈 수 있는
큰 정신의 집 한 채

녹우당 뜨락에는
한여름에도 우리를 일깨우는

차디찬 푸른 눈이 내린다
한겨울에도 우리를 자라게 하는
따스한 초록의 비가 내린다.

*녹우당 : 전라남도 해남에 있는 고산 윤선도 선생의 유적지에 있는 해남
  윤씨의 종갓집

강철

쇠톱으로 쇠를 썰어 보아라
그 비명소리 얼마나 처절한지
쇠와 쇠끼리 용접해 보아라
쇠살 타는 냄새
짐승살 타는 냄새와 얼마나 같은지

쇠나 사람이나 나무나
살을 가진 것들은 모두가 아픈 것

단단한 것일수록
단단한 만큼의 아픔을 갖고 있다.

쇠를 두드려 보아라
얼마나 많은 아픔들이
끝도 없이 울려 나오는지

쇠를 두드리다 보면
펄펄 끓던 쇳물의 울음소리
활활 타오르던 불꽃의 함성들이
함께 어우러져

끝내는 맑고 아름다운 노래가 되어
울려 퍼진다는 것을 알게 되리라.

몇 천 도의 불로 연단한
강철의 정신

쇠는 살아 있다
지독한 슬픔의 힘으로 살아 있다
차디찬 푸른 피를 번쩍이며.

폭포 세례

폭포의 세찬 물줄기가 나를 두드린다.
하얗게 하얗게 치대어 빤다.

누렇게 찌들었던 내 살과 뼈의 때
말끔히 씻기니 날아갈 듯 통쾌하다.

어떤 종교가 나를 이렇게 정결하게
씻어줄 수 있으랴.

온힘을 다해 나를 씻어주던 물의 손들
거칠디 거친 물의 사랑

물에게 온몸 맞으면서도 기뻐서 소리치던 날
나는 물과 한 몸이 되었다
마침내 물이 되었다.

오래도록 물의 혼으로
너를 사랑할 수 있으리라.

마른 들판을 적시며 흘러가다가

때로는 이 세상의 어둠 속으로
두려움 없이 떨어지는 폭포가 되어
어둠의 벽을 관통해 가리라.
엄청난 물의 힘으로.

호랑나비떼들을 보다

깊은 산골짜기
보랏빛 꽃들의 군락지
숨죽이며 바라본 호랑나비떼들의 군무

해 저물도록
산과 나비들과 꽃들과 내가
무한 꿈속을 날아다녔네.

캄캄한 절망의 순간에 만난
살 떨리는 환희의 풍경들

그 날 내가 만난 꽃들이나 호랑나비떼는
꿈을 잃은 황폐한 나를 찾아온 하늘이었음을
문득 깨닫느니
이 세상엔 사람이 절대로 오염시킬 수 없는
신이 지키시고 키우시는 땅이 있음을 알겠네.

나 그 순수한 땅의 힘으로 거듭나고 싶나니
결코 그 꿈의 땅을
나비들과의 황홀했던 춤을 잊지 않으리.

맑은 꿈의 눈으로 다시 싱싱하게 살아나는
지상의 모든 것들을 바라보리.

신의 꿈가루 날마다 하늘에서
햇살처럼 쏟아지고 있으니
지금 먼 길을 떠나는 환생을 꿈꾸는 저 바람들
천리 밖에서는 하얀 새떼가 되어
힘차게 날아오르리.

키알리이 레이첼(Kealii Reichel)의 노래

하와이 원주민 가수 키알리이 레이첼의 노래는
감미롭고 따스하네.

그의 노래에서는 원주민 처녀들이 꽃목걸이를 만드는
푸루메리아 꽃 향기도 나고
와이키키 앞바다의 해초 냄새도 나지만
지금도 시뻘건 불덩이를 뿜어내고 있는
빅 아일랜드 활화산의 유황 타는 냄새가 나네.

그의 목소리에는
조상들의 한과 비애가 서려 있네.

그들의 낙원을 빼앗기고 멸종 당하다시피 한
잔혹한 역사의 흔적은 지워지지 않네.

타고난 구리 빛 피부도, 피도
핏 속의 비애의 유산도 어쩔 수 없는 것
아직도 그들의 상처에서는 피가 흐르고 있네.

신에게 드리는 절절한 기원 같고 주문(呪文) 같은 그의 노래

그의 슬픔의 노래가 슬픔의 응혈을 씻어내리고 있네.
고통의 상처를 아물게 하고 있네.

이 세상에서 제일로 부드러운
위로와 사랑의 노래를 들려주는 목소리
"우리가 함께 포옹할 때 우리의 꿈은 절대로 죽지 않는다고
세상의 아름다움을 바라보라"고 노래하는
햇살의 목소리, 물의 목소리, 나무의 목소리……
저 위대한 자연의 목소리 키알리이 레이첼의 노래여.

다이아몬드 별

TV에서
다이아몬드 별을 보았다

차가운 다이아몬드 원석이 되어
어둠 속에 떠있는 별

더 이상 사랑으로 불타지 않는 별
더 이상 분열하거나, 방황하거나
폭발하지 않는 별
오늘 내 마음 속에 들어와 반짝이고 있다

언젠가는 한평생 아팠던 내 사랑도
시리고 쓸쓸했던 내 사랑 노래도
다이아몬드 별이 되거나
별빛의 노래가 되어 저 먼 별까지 흘러가리라
아득하게, 아득하게
나보다 더 쓸쓸했던 별들을 찾아서

저 광막한 어둠 속에서
내게 다가온 몇 억 광년의 사랑빛이여

그대는 안식년에 들어서 쉬고 있을 뿐
결코 죽은 것이 아니다
우리는 아직 서로가 그리운 생명빛으로
이 우주에 살고 있다
아니 영원히 살아 있을 것이다.

황금빛 궁전을 바라보며

순금의 마음으로 한세상 살아갈 수 있다면
우리도 금시조라는 새가 되어
무릉도원의 하늘을 마음껏 날아볼 수도 있으리.

순금처럼 오래 사랑하며 살고 싶었던 사람들이
금 조각을 붙여서 지은 왕궁

황금은 사람들의 가슴 속에
영원한 생의 꿈을 꽃잎처럼 새겨 넣는다.

분명 어딘가에 영원불멸의
또 다른 세상이 있음을 믿게 만든다.

죽어도 죽지 않는 영혼 같은 황금
영생에 대한 신의 약속 같은 황금

오늘도 햇살에 번쩍이며
사람들의 살에 금빛 물들이고 있다.
간절한 염원의 종소리가 되어
울려 퍼지고 있다.

봄 양수리에서

만개한 벚꽃나무가 만든
이 환한 세상

눈부신 봄꽃 나라에 발 들여놓으면
해묵은 슬픔의 응혈도
모두 꽃으로 터지느니

그대가 떠나온 곳을
절대로 뒤돌아보지 마라.

뒤돌아보는 순간
그대 몸에 핀 꽃들 우수수 다 떨어지고
소금 기둥 된다.

오늘은 그냥 꽃핀 채로 있거라
눈물나게 아름다운
분홍빛 사랑인 채로 있거라.

한 그루 환희의 봄꽃나무 되어.

연습

저 애수의 표정을 띤 코스모스를 만들어 내기 위하여
하나님은 얼마나 다양한 표정의
코스모스를 만들어 내셨던 것일까

사랑의 기쁨을 주는 향기로운 장미꽃을 만들어 내기 위하여
하나님은 몇 가지 종류의 장미꽃을
만들어 내셨던 것일까

울타리 가의 줄장미에서부터
산에 있는 찔레꽃 나무에 이르기까지
장미과에 속하는 식물들을 보고 있노라면
하나님도 참으로 많은 연습을 하셨음이
틀림없다는 생각이 든다.

전지전능하신 하나님도
저토록 많은 연습을 하신 것이라면
사람이여 어찌 땀 흘리지 않고
최상의 것을 얻기를 바라는가

사랑도 연습하고, 행복도 연습하다 보면

오늘 내가 만든 사랑의 꽃보다 더 나은 꽃을
오늘 내가 만든 행복의 집보다 더 나은 집을
만들어 낼 수 있으리라
내일은 오늘보다 더 맑고 환한 얼굴로
너를 바라볼 수 있으리라.

나무들의 나라

이 세상에서 제일로 하늘의 말 잘 듣는
나무들을 보았네.

한눈 팔지 않고 하늘을 향하여
곧게만 자라나는 나무들
하늘이 부르면 어린 아이들처럼
씩씩하게 대답하며 자라는 나무들

나무들 베어낸 자리에 떨어진 씨앗들
땅에 떨어지자마자 부지런히 싹을 틔우고
자라고 자라 빽빽한 상록의 숲을
이루고 있었네.

서쪽 끝에서 동쪽 끝까지
나무를 베어서 팔면서 가도 이백 년이 걸린다는
나무만 팔아서도 먹고 살 수 있는 나라 캐나다
눈보라에 쓰러져도 일어서고 또 일어서는
나무들의 푸른 함성이 하늘을 울리고 있었네.

록키산맥의 설산들이 병풍처럼 둘러쳐져

세찬 바람을 막아주고
빙하 녹은 맑은 물 쉬임 없이 흘러 내려
강과 호수를 이루어
나무들을 목마르지 않게 하는 땅
하늘이 지키고 하늘이 키우는 거대한
나무들의 나라를 보았네.

내소사에서

"소생하라, 소생하라"는 천둥 같은 하늘의 소리에
절 천장에 그려져 있던 연꽃들, 용들
다 어느 못물로 달아났는지 안 보이고
오늘은 또
처마 끝에 매달려 있던 풍어 몇 마리
하늘의 복숭아 한 알 받아먹고
멀리 서해 바다로 달아나 버렸네.

날마다 일어서는 산
날마다 일어서는 바다

펄떡이며 살아 있는
산과 바다가 되라고
죽고 또 죽어도 다시 살아나라고
천지를 울리는 내소사의 종소리

그대 영원히 살 수 있다면
어떤 목숨이 되어
이 눈부신 세상을 살겠는가

“소생하라, 소생하라”는
하늘의 고함 소리에 놀라서
연둣빛 새 순들 쉬임 없이 돋아나고
골짜기마다 새로 숫아난 맑은 물
힘차게 흘러내리고 있다.

옛날 숟가락들을 보며

친정집 살림살이를 정리하다 보니
숟가락들이, 밥그릇들이 너무나 많네
참으로 많은 사람들이 먹었던 친정집 밥
거지가 와도 상을 차려 주셨던 할머니

저 숟가락으로 함께 밥을 먹었던 사람들
절반은 이미 이 세상 사람이 아니네.

수복(壽福)이라는 글자가 새겨진
저 많은 숟가락들이 회한으로 가득 찬
나를 울리느니, 나를 가르치느니
저 많은 그릇에 고봉으로 담기던 밥과 국은
그냥 밥과 국이 아니라
하늘 마음의 사랑이었네.

이제 효도하고 싶어도 할 수가 없네
따스한 밥 한 그릇도
지어 올릴 수 없다는 사실이
이렇게 가슴 아픈 일이 될 줄 몰랐네.

이승의 숟가락 놓을 때까지
나 저 많은 숟가락들을 잊지 않으리.

아낌없이 밥 퍼주고 국 퍼주던
푸근했던 인정을
보통 사람들의 위대한 사랑을
결코 잊지 않으리.

밀감 나무

노란 주머니 안에
나누어 먹기 쉽게
한 쪽 한 쪽 정성스럽게 포장하여
갈무리한 과육

밀감 조각들을 떼어 내면서
골고루 사랑을 나누어주고 싶은
밀감 나무의 깊은 마음을 생각한다.

태풍이 몰아치는 날에도
온몸으로 바람을 막아내며
황금 등불 켜들고 어둠을 밝히며
마을을 지키던 나무

새콤달콤한 열매를 맛보면서
나무들도 성자의 마음으로
한세상을 살아가고 있다는 것을
문득 깨닫는다.

최상의 향기로운 사랑을
우리들에게 아낌없이 주고 싶어하는 것을.

제3부

겨울 사랑

겨울새

아무리 추워도
아무리 아파도
아무리 슬퍼도 날아야 하던 새들

오염된 땅
병든 새들

울고 싶어도 울지 않던 새들
저 먼 하늘가에서 울고 갔는지
새들이 날아간 하늘에
핏빛 울음으로 걸려 있는 노을.

성에

한겨울날 유리창에서 반짝이는
눈꽃의 편지를 본다.

하얗게 얼어 있다가
햇빛에 순하게 스러지는
아무에게도 상처를 주지 않는 편지

오늘 또 내 방 유리창에
겨울 천사의 말이 얼어 있다.

내 마음 속에 들어와
별이 되고, 꽃이 되고, 눈부신 기쁨이 되는
하늘의 사랑이 얼어 있다.

이 겨울, 나도 너에게
눈꽃 나라의 문자로 편지를 쓰고 싶다.

너의 유리창에 별 무늬, 나뭇잎 무늬의 글자로
순결하고 향기로운 겨울 편지를 써 보고 싶다.

겨울 천사

겨울에도 이제 그는
우리집에 오지 않는다.

그래서 그의 입김인
유리창의 성에도 볼 수가 없다.

내가 따스한 집에 살기 때문에
안심하고 오지 않는다.

세상의 가장 추운 집을 찾아다니는
별의 천사.

지금 그는 어느 집 창문을 기웃거리며
창틈으로 그의 온기를 불어 넣고 있을까
잠자는 이의 얼굴을
복사빛으로 비추어 보고 있을까

윗풍 센 방 윗목에 떠놓은 물이 꽁꽁 얼던 날
그는 왔었다.
문고리에 손이 쩍쩍 달라붙던 강추위 날

그는 꼭 다녀갔었다.

그를 본 적은 없지만
우리들의 추운 집을 지켜주던 그가
가끔 그리워진다.

빙원에서

빙하가 녹아 내리고 있다.
눈과 함께 얼어 있었던 하늘도
녹아 내리고 있다.

햇빛 눈부서 눈도 제대로 못뜨는
저 어린 하늘, 저 천진한 물의 눈동자
세상이 무서운 줄도 모르고
졸졸졸 흘러가고 있다.

몇 천 년 동안 얼어 있었던 시간의 물
눈꽃 녹은 물, 하늘 녹은 물
설화수가 물길을 만들며 흘러가고 있다.

팔백 년이 지나도록
2미터 밖에 자라지 않는다는
빙하지대의 나무들이
영원으로 이어진 빛의 길을 바라보며 서 있다.

비록 지금은 우리들의 사랑이 꽁꽁 얼어 있다 해도
어떤 악천후에서도 살아남은 저 나무들처럼

천생연분인 저 물과 하늘처럼
오래 참고 기다리면 반드시
우리 서로 눈부신 사랑으로
다시 만날 수 있으리.

보기에도 아까운 빙하가
무너져 내리고 있다.
신의 노여움이 두렵지 않은지
누가 자꾸만 신의 얼음 창고를 부수고 있다.

겨울 사랑

오늘은 또
얼마나 큰 별 하나가 부서져서
이 땅에 왔는가.

땅에 있는 것들 다칠까 보아
제 몸을 산산이 부수어뜨리며 온 별
눈 내리는 날 눈과 함께 온 별

꿈에도 그리던 이 지구에 와서
땅 냄새를 맡고
비로소 눈꽃이 된 별
눈나무가 된 별.

설경이 기막히게 아름다운 것은
다 별들 때문이다.
흰 눈 속에서 반짝이다 사라지는
처절한 별들의 겨울 사랑 때문이다.

광막한 우주의 아득함을 견디지 못하고
외로운 별들이 자꾸만 땅으로 내려오고 있다.

우리들을 만나려고
온몸을 부수며.

빙등 축제

만주 송화강 빙판 위로
짐마차가 지나다니고 있다.

사람들은 강얼음을 깨어다가
얼음집, 얼음성도 만들고
얼음기둥 속에 색색의 등불을 켠다.

일흔다섯 살 된 노인이 얼음 깬 강물에서
수영을 한다.

어떤 혹독한 겨울 바람도
송화강물을 다 얼리지 못하듯
누가 저 꿈꾸는 사람들의 마음을
얼릴 수 있으랴.

영하 몇 십 도의 혹한에도
얼음을 사랑하며 얼음을 가지고 노는 사람들

절망의 거대한 얼음 덩어리도
빛 덩어리, 환희 덩어리가 되는 송화강변

빙등 축제의 불빛을 받아
얼음강이 불새처럼 퍼덕이고 있다.

우리들의 가슴 속으로
뜨거운 불의 강물 하나가 흘러가고 있다.

가장 추운 곳에서
가장 따스한 겨울을 만난다.

눈발 속에서

사랑이 떠나간 뒤에야
눈발 속에서 진동하던 사과꽃 향기는
우리 사랑의 향기였음을 알았네.

우리 사랑의 향기가
저 순백의 눈송이들을
사과꽃 향기로 적셨던 것을

혹한의 겨울날에도 꽃피고 또 꽃피던
우리들의 젊은 날들이여

되돌아갈 수 없는 추억 속의 길들이여

꽃핀 사과나무가 되어 너와 함께
그 눈길을 다시 걸어가 보고 싶다.

눈발 속에서 나던 사과꽃 향기를
다시 한 번 맡아보고 싶다.

겨울 피아노

겨울 피아노는
수정의 고드름 속에 있다.
얼어붙은 강물 속에 있다.
벌거숭이 나무들 속에 있다.

겨울 피아노는
얼어붙은 것들 속에서 울린다.
맨살의 나무들 속에서 울린다.
얼음장을 쩡쩡 가르며 울린다.
무수한 햇살의 장미꽃을 피우며

영하 이십 도의 혹한에도
얼지 않는 우리들의 눈물
나무들보다 강물보다 덜 추운
짜디짠 우리들의 눈물 속에서는 울리지 않는다

겨울날 눈덮인 들판으로 가 보자.
산과 강과 들판의 나무들이 연주하는
장엄한 겨울 음악을 들으러.

겨울 나무

겨울 나무들이 달리고 있다
런닝머신* 위를 달리고 있다

푸른 수액을 만들며
새 잎과 새 꽃봉오리를 만들며 달리고 있다

얼어죽지 않으려고
땀을 흘리며 달리고 있다

천천히 빠르게 속도를 조절하며
잠시잠깐 눈을 붙일 뿐
나무들은 겨울에도 쉬지 않는다

완벽한 휴식은 죽음뿐
우리들 모두 자기 생의
런닝머신 위를 달려가고 있다

아름다운 봄과 여름, 가을과 겨울을 위하여
쉴 새 없이 일개미처럼 일하면서

눈 내리는 날에도
후박나무의 잎망울들, 목련나무의 꽃망울들
조금씩 탱탱하게 자라고 있다.

*런닝머신 : 달리기 운동을 하는 운동기계

크리스마스 트리를 보며

도심의 나무들은 겨울이 무섭다.
크리스마스가 무섭다.

생나무 가지에 겨우내 달고 있어야 하는
꼬마 전구들

지난 겨울에도 불의 고문 용케도 견뎌냈더니
찬바람 불자 또 다시
불의 고문이 시작되었구나.

크리스마스 캐롤은 울려 퍼지는데
사람들의 축제를 위하여
황홀한 고통의 별을 달고 있어야 하는 나무들
몸 뜨거운 불나무들, 목이 타는 불나무들.

내 몸에 달린 가짜 별들을 보지 말고
겨울밤 하늘에 사과처럼 익어 있는 별들을 보라고
나무들은 온힘을 다해서 소리치지만
그 비명 소리는 아무에게도 들리지 않는지
나무들 곁의 플라스틱 천사는

소리도 나지 않는 나팔만 불어대고 있다.

나무들도, 사람들도, 천사들도
하늘의 해도, 달도, 별도, 바람도
모두가 즐거운 크리스마스 축제가 보고 싶다.
가해자도 피해자도 없는
하늘에는 영광, 땅에는 평화가 넘치는
진짜 크리스마스 축제를 보고 싶다.

겨울 벌판을 걸어가며

너와 나는 두 몸의 불이었구나.
겨울 들판의 얼은 마음을 녹이던
불덩이였었구나.

강풀 먹인 이불 호청 같은 겨울 길을
나 혼자 걸어가는 모습을 보는
우리가 눈맞추던 나무들의 눈에
눈물 고이는구나
살얼음 버석거리는구나.

우리들의 다정한 모습만으로도
나무들은 얼마나 위로를 받고
추위를 덜어내며 겨울을 견디어 냈는지를
이제 알겠구나.

나 혼자의 따스함만으로는
사랑하는 나무들의 얼어붙은 마음을
데울 수가 없구나.

우리가 간지럼을 먹이던

저 늙은 은행나무의 얼은 손톱조차
녹일 길이 없구나.

도저히 나 혼자서는
이 겨울의 황폐함과 쓸쓸함을
이겨낼 수가 없구나.

설산을 바라보며

몇 날 동안 용암이 솟구치고 솟구쳐
저 높은 바위산들이 만들어지고
몇 천 년 몇 만 년 동안 바람이 불고 눈이 내려
저 거대한 설산이 만들어졌는지
우리는 모른다.

왜 하필 동물의 왕이라는 사자가
만년설이 쌓여 있는 설산에 올라가서 죽었을까?

그는 불을 뿜는 듯한 그의 포효로
그를 압도하는 저 설산을 한 번
무너뜨리고 싶었는지도 모른다.

그 사자는 설산은 다만 바라보여질 뿐
정복당하지 않는다는 사실을 몰랐으리라.

우리는 설산의 지순함을, 장엄함을
바라볼 뿐이다.
무진장의 빛의 산맥들을 바라볼 뿐이다.

우리는 설산의 고독의 높이를 모른다.
고독의 넓이를 모른다.
우리는 저 설산이 품고 있는 하늘이
얼마나 아름답고 오래된 하늘인지 모른다.

아싸바스카 빙하를 보고

몇 천 년 전인지, 몇 만 년 전인지는 모르지만
신이 얼려 놓으셨던 빙하가
햇살에 반짝이며 녹아 내리고 있네.
그 옛날 눈 속에 얼어 있었던 하늘도
녹아 내리고 있네.

저 층층의 설층 속에 잠자던 새파란 어린 하늘
마악 깨어나 눈을 비비고 있네.
물과 하늘 녹아서도 헤어지지 못하고
함께 콸콸콸 흘러 내리고 있네
보기도 아까운 맑은 물 흘러가고 있네.

설상차를 타고 가 본 아싸바스카 빙하
저 하얀 광채의 설원도
지구의 온난화로
4백년이면 다 녹아서 사라진다고 하네.

우리에겐 나무와 곡식이 잘 자라는
따스한 땅도 소중하지만
우리 열탕의 마음 식힐 눈 덮인 땅도 있어야 하네.

빙하여 더 이상은 녹지 말아라.
그냥 그대로 눈부신 채 있거라.
폭염의 여름날에도 너만 바라보면
뼛속까지 써늘한 빙원으로 남아 있거라.

빙하 녹은 물 한 잔 마시니
이렇게 달고 시원한데
만 개의 하늘, 만 개의 호수를 들이켠 듯
가슴이 확 트이는데
빙하여 그대로 순결한 채 얼어 있거라.
우리가 바라보는 높고 장엄한
정신의 땅으로 남아 있거라.

에머랄드빛 호수로 녹아 내리지 말고
만년설의 땅으로 믿음직하게 버티고 있거라.

겨울 연가

그대 죽어서도 끝나지 않는
사랑 하나를 지니고 있음을 알았네.

찬 바람을 온몸으로 받으며
찬 바람과 함께 울어 본 사람은 알지.

뒤돌아서서 망망한 허공을
안아 본 사람은 알지.

겨울 하늘을 혼자서 날고 있는
그대 사랑의 아픔을

몇 십 리 몇 백 리를 걸으며
그리움을 풀지 못해 떠도는 그대의 혼
겨울 벌판에 찍던 피맺힌 낙관들을

애염은 죽어서도
흙을 물들이는 물감

한평생 살 속에 보석처럼 박혀서
반짝이는 그대 사랑을 보네.

제4부

양수리에서

양수리에서

나는 양수리를 믿는다.
양수리의 나무들과 강물과 바람을 믿는다.
눈부신 환희로 날개치는 겨울 양수리
초록빛 기쁨으로 무성한 여름 양수리를 믿는다.
세상 끝을 돌아와 내 머리칼을 날리며
희희낙락하는 바람의 푸른 말들
얼음 속에서 피어나는 무수한 햇살꽃의 말들
그 말의 빛깔들은 오래도록 내 살 속에서
보석처럼 반짝인다.
내 울음의 때를 말끔히 씻어주고
상처를 아물려 주는 양수리
그리운 당신의 품보다도 더 포근한
양수리의 따스함을 믿는다.
내가 가지기엔 너무 큰 하늘의 은총을
햇살에 실어 양수리로
보내 주시는 하나님.

성산포에서

성산포 앞바다
바닷물이 날치처럼 날아오르고 있다.
아무리 날아도 바닷물은 날치도 못되고
갈매기도 못되고
온종일 나는 연습만 하네.

하늘이 내려와 바닷물 속에 살아도
하늘은 하늘
바닷물은 바닷물
신이 주신 몸 아무도 바꿀 수 없네.

하늘은 하늘의 길이 있고
바다는 바다의 길이 있네.

사랑

아가야, 네 천진한 미소를 볼 때마다
나는 물이 된다.
가장 선하고 아름답고 맑은 물이 된다.
네 뿌리를 살찌우고 네 꿈의 잎들을
키우는 물이 된다.

내가 주는 사랑의 물을 먹고
연둣빛 새 순처럼 자라는 아가야.

나는 네가 사랑의 물을
쫙쫙 빨아들이는 소리를 듣는다.
꿀컥꿀컥 마시는 소리를 듣는다.

그 소리 얼마나 듣기 좋은지
그 소리가 내 생의 가지에
무성한 잎들을 달아주고 있다.
가지마다 매달린 기쁨의 꽃망울들
분홍빛으로 터뜨리고 있다.

아가야, 네가 있어 이 늦은 나이에

나는 비로소 꽃핀 나무가 되었다.
만개한 봄이 되었다.

가을 해바라기

태양을 향한 사랑도 끝날 때가 있는가.

가을 해바라기들
모두 고개 숙이고 땅만 바라보고 있다.

황금의 화관도 사라지고
푸르던 열정의 잎새들
누렇게 말라서 떨어지고 있다.

너무 눈부셔 한 번도 똑바로 보지 못했던
해의 얼굴이여.

일년생 꽃나무가 품었던 너무 큰 사랑
어리석은 사랑이 지고 있다.
따가운 가을 햇살 아래
태양에게 버림받은 사랑이 지고 있다.

까아맣게 탄 숯검정의 얼굴들
더 이상 해를 바라보지 않는다.
끝내 눈 감은 채

찬 바람에 온몸 내어주고 있다.

저 알알이 여문 씨앗 속에
꼭꼭 박아서 써놓은 저 글씨들은
무슨 피맺힌 절규의 유언인가

까마귀 울음 소리만
가을 늪 속으로 떨어지고 있다.

가을 억새밭에서

바람과 싸워서 이기기 위하여
캄캄한 밤에도 잠 못들고
천하제일검법을 익히던 억새들의 칼들
저 먼 별까지 섬광처럼 날아가던 억새들의 칼들
내 앞에 달빛 비단 한 필 베어 깔아놓고 있네.

편하게 한 번 눕지도 못하고
선 채로 삭아가면서도
꽃대궁 내밀어 깃털꽃 피워낸
저 마음 속 깊은 곳의 부드러운 사랑

바람과 싸우고 또 싸우다
끝내 바람과 껴안은
가을 억새꽃들의 모습 눈물겹구나.

억새여
다시 폭염의 여름날이 오면
너와 한 번 겨뤄 보고 싶구나
태양의 기를 받은 나의 명검과 너의 명검이
부딪쳐 내는 소리를 생생하게 들어 보고 싶구나.

누구의 칼날이 더 시퍼런지
누구의 칼빛이 더 먼저 저 별에 닿는지도
분명히 보아두고 싶구나.
우리의 칼이 부딪쳐 얼마나 많은 별들을
만들어 낼 수 있는지도.

시도 때도 없이, 막무가내로 불어오는 바람 앞에
한평생 칼이 되어 살 수 밖에 없는 목숨이여.
눈송이처럼 녹아서 사라질 수도 없는
하이얀 슬픔의 억새꽃들이여.

따스한 겨울

아프리칸 바이올렛 꽃들이
소인국 나라의 아기들처럼 내게 오네.
은색의 나팔을 불며.

저 귀여운 티스푼의 행복 같은 것.
과자로 만든 집 같은 것.
요정의 목걸이 같은 것.
소인국 나라의 축제를 지켜보고 있네.

밖에는 눈보라가 몰아쳐도
저 작은 꽃들 때문에 따스한 겨울.

저들의 천진스런 화혼이
나를 온통 보랏빛으로 물들이네.
보랏빛 음악으로 울리게 하네.

아프리칸 바이올렛 꽃들과의
즐거운 겨울 사랑
이 세상 어느 사람과의 사랑보다 단단하네
눈부시네.

한 사랑이 가면 또 한 사랑이
꽃으로라도 오는 것.

신은 세상 곳곳에 너무나 많은 사랑을
예비해 놓으셨네.
우리가 그 사랑을 아직 만나지 못했을 뿐.

마라도

파도가 밀어붙이고
바다가 밀어붙여도
겁내지 않는 섬
꿈쩍도 않는 섬

천진한 어린 아이처럼
바다와 물장난하며
햇살과 바람과 놀고 있는 조그만 섬

'대한민국 최남단' 이라는 이름표를 붙인
마라도의 작은 손
하늘이 잡아주고
마라도의 작은 몸
바다가 꼭 껴안고 있었다.

멀리서 보면 수국 한 송이
피어 있는 것 같은 마라도.

파도리의 돌들

바닷물로 씻고 씻어
이승에서는 다시 씻을 필요가 없는 아이들.
살 깎여 조금씩 작아지는 돌의 아이들.

손이 없어서
따스한 바람 손도 잡지 못하고
발이 없어서
가고 싶은 곳으로 가지도 못하는 아이들.

저 아이들을 데리고
고통의 바다가 없는 곳으로
손과 발이 나무처럼 자라는
그런 나라로 갈 수는 없을까?

아무도 돌보지 않는
아무 죄도 없는 돌의 아이들이
날마다 소금물로 세례를 받고 있다.

눈물

오늘 또 한 친구의 부음에
눈물이 마구 흘러내린다

살 밖으로 흘러내리는 눈물
솟구치며 살 속으로 흘러가는 눈물

뼈 시린 내 마음을 감싸는 것은
어떤 위로의 말도 아니고
내 몸 속에서 흘러내리는 뜨거운 눈물이구나

이 세상에서 제일로 따스한 바다도
펄펄 끓는 열탕도
내 살 속에 살아 있었구나

짜디짠 소금물인 눈물이
피 흐르는 나의 상처를
치유해 주는 약이 되고 있느니

다시는 볼 수 없는 친구여
허공에 뿌린 내 눈물꽃 밟고
지금 어디쯤 가고 있는가

어느 귀뚜라미의 죽음

아파트 베란다에서 살던
귀뚜라미가 죽었다.

작은 소리에도 가슴 조이며
마른 풀 속으로 숨고 또 숨던 귀뚜라미

자연학습이라는 미명하에
몇 천 원에 팔려온 귀뚜라미 한 쌍이
플라스틱 감옥 속의 생을 마감했다.

컴퓨터 게임에 빠진 아이들의
일시적인 장난감이었던 귀뚜라미가
언제, 왜 죽었는지 아무도 모른다.

물 한 방울 없던 보금자리
쓰레기통에 상자 채로 버려졌다.

매미 울음소리

매미는 태어날 때부터 고아여서 운다.
세상 사는 법을 몰라서 운다.

폭풍우 치던 날
창틀에서 요란하게 울던 매미
그날 나는 두려움에 떨고 있는
외로운 고아의 눈물 젖은 얼굴을 보았다.

"맘, 맘, 맘, 맘"
"엄마, 엄마, 엄마, 엄마"
한평생 얼굴도 모르는 엄마를 부르며
매미가 운다.

매미가 울면
풀섶의 벌레들이 따라서 운다.
사랑이 그리운 이 세상의 작고 쓸쓸한 것들이
생떼 쓰듯 운다.

대대로 이어가는
저 끈질긴 울음의 생명줄

누가 저 한(恨)의 울음줄을
기쁨의 금줄로 바꿀 수 있으랴.

당단풍나무

저 피떡이 된
진자줏빛 이파리의 손들을 보아라
수많은 손을 가지고서도
아무것도 움켜서 가지려 않고
제 몸 속에 설탕의 진액을 가득 채워서
주기만 하는 나무들을 보아라.
가진 것 다 주고도 흐뭇하게 웃고 있는
저 환희의 얼굴들을 보아라.

저 핏빛 잎새들
캐나다의 상징 마크가 되어
열쇠고리 위에도 꿀통 위에도
또 다른 상품 위에도
당당하게 찍혀 있구나.

사람보다도 나은 나무들의 피땀 흘리는 사랑이
캐나다를 일으켜 세우는 힘이 되고 있구나.
캐나다를 키우는 자양분이 되고 있구나.

수혈(輸血)

내 몸 속에 바다를 가득 채운다.
물들이 출렁이며 파도친다.
수많은 물꽃이 피었다 진다.

금간 항아리 같은 몸
물들이 조금씩 새어서 달아나면
나는 또 바다를 채우러 바다에 간다.

나 혼자 쓸쓸히
물들의 반짝임만 바라보다 돌아오는 저녁
내 발목에 아프게 감기던 수평선의 울음소리.

언제부턴가 바다는
내 몸 속의 푸른 피가 되었다.
푸른 사랑이 되었다.

너 없는 세상, 너 대신
바다를 채우며 산다.
그리움의 피 수혈하며 산다.

민들레

어떤 박토에서도 살아남아
꽃을 피우는 힘은
쓰디쓴 것을 삼키고 견디는
네 뿌리의 힘이었구나.
키가 작아도 당당하게 땅 차지하고
노란 꽃잎 깃발 꽂아놓고
큰소리치고 있구나.
여기는 민들레의 땅이라고.
어떤 비바람도, 어떤 추위도
민들레의 나라를 멸망시킬 수는 없다고.
세계 곳곳에 퍼져 있는 너희들의 자손들
쓰디쓴 야생의 힘의 위대함을 보여주고 있구나.
쓰디쓴 피가 거친 세상을 살아내는 힘이고
약임을 보여주고 있구나.
여우가 도와도 도와야 산다는 세상
바람이 네 솜털 꽃씨들을
멀리멀리 날려주고 있구나.
야생의 곰들이 민들레 꽃잎들을 따먹고 있다.
금계랍* 같은 약꽃들 맛있게 따먹고 있다.

웅담의 힘도 저 민들레 약꽃 힘이던가

일어서고 또 일어서는 민들레 쓰디쓴 생목숨 힘이던가

*금계랍 : 키니네라고도 하는 노란 색의 말라리아에 쓰는 약임

양(羊)

멀리서 볼 때는 움직이는 구름밭이더니
가까이 보니
흙 묻고 때 묻은 양떼들의 지친 털빛.

눈 오면 눈 맞고 비 오면 비 맞고
들판에서 새끼 낳아 기르며 사는 양들.

겨울엔 떨어져 자고
여름엔 붙어서 잔다는 약지도 못한 짐승.

하늘이 아무리 아름답다 해도
태어날 때 하늘 보고
죽을 때 하늘 본다던가.

신의 절대 명령에 순종하듯
땅만 보고 풀만 열심히 뜯어대는
양들의 눈에 고인 물
그러나 그것이 슬픔의 물인지도 모르는 것들.

비오다 금방 햇빛 나고, 풀 쑥쑥 자라고

하루에도 몇 번씩 무지개 뜨는
뉴질랜드 하늘 밑의 목화송이들.

순한 양들이 풀처럼 산다.
선한 평화의 약속처럼 산다.

감나무집

얼핏 보면 주홍의 꽃들이
탐스럽게 피어 있는 것 같은데
선운사 감나무들 십이월에도
열매 주렁주렁 달고 있었다.

산야에 눈은 내려
열두 폭 세한도 그림 속인데
열매밥 매달고
춥고 배고픈 새들을 기다리는 감나무집.

세찬 눈바람에도
열매 떨어지지 않게
몸에 힘주고 서 있는 감나무집.

밤에도 열매 등불 켜들고
아직 돌아오지 않은 새들을
기다리고 있었다.

제5부

지상의 불빛

그리운 달빛

나는 아직도 내 어린 시절의
숨막히게 황홀하던 절정의 달밤을 잊지 못한다.

우리집 정원의 나무들과 어우러져
꽃망울을 터뜨리던
폭포처럼 쏟아지던 분홍의 달빛들을.

다시 그 기막힌 달밤 속으로 가볼 수는 없는 것일까
달빛과 나무들이 정분나던
그 흐드러진 달밤 속으로 가볼 수는 없는 것일까.

달은 저 멀리서도
저를 살 저리게 그리워하는 이가
누군지 알았던 것
수천 수만의 눈부신 사랑이 되어
나무들에게 왔었던 것을…

달빛은 내 주름진 살 속에서
복사꽃 몇 송이를 끄집어내어 보여주며
빙그레 웃는다.

그 동안 어디 갔다 왔느냐고
내 몸 속에도 셀 수 없이 많은 복사꽃이 있다고
달은 저를 진실로 보고 싶어하는 이들에게 와서
그 아름다운 달밤을 만든다고.

선산에서

포크레인이 산의 속살을 파헤친다.
싱그러운 생흙 냄새가 훅 끼쳐 온다.

산이 나비 형상이라고
돌로 날개를 누르면 안 된다고 해서
여직 비석을 세우지 않다가
삼촌 돌아가신 뒤
이름 없는 무덤으로 놔둘 수 없어
여기 저기 비석을 세우느라
선산의 흙을 파헤친다.

어디서 날아 왔는지
마악 세워 놓은 비석 위에
노랑나비 한 마리 앉았다 간다.
비석을 세워도 괜찮다는 듯.

비석을 세우니
새 집 문패를 단 때처럼
이렇게 마음이 뿌듯한데
선산의 흙이여

나비로든, 새로든 환생하여 날아 보아라
훨훨 날다가 지치면
저 비석 위에서 쉬었다 가거라.

산도 숨쉬며 살아 있는 생명이고
흙에도 나비든 또 다른 짐승이든
생령이 깃들어 있다고 믿었던 지관이여
그 생명 사랑의 소중한 마음
오래 기억하리라.

동학사(東鶴寺)에서

참나무, 느티나무, 오리나무……
이름도 모르는 온 산의 나무들이
향기를 뿜어내고 있다.

맡아도 맡아도 좋은 숲의 향기.

울창한 생명의 참 향기 속에서
신선이 되지 않는 사람이
어디 있으랴.

나무들도, 사람들도 학이 되어
날아가고 있다.

맑은 물소리와 더불어
우리가 마음으로 갈 수 있는 무한 천공.

향기로운 것들만이 갈 수 있는 곳
그 곳으로 날아가고 있다.

왜 절 이름을 동학사라 했는지

절도 학이 되어 날 수 밖에 없었는지
계룡산 나무들에게 물어 보지 않아도
알 것 같다.

강물도 멀리서 볼 때가 더 아름답다

강물도 가까이서 보면
멀리 볼 때는 보이지 않던
강물의 아픔이 보인다.

바람 때문에 한시도 가만 있지 못하고
어지럽게 출렁이는 강물

양수리 벚꽃 핀 것 더 오래 보고 싶어
아래로 흘러가지 않으려고
온몸을 뒤틀며 거슬러 오르다가
더 큰 물줄기에 휘말려 곤두박히며 떠내려가는 강물

강물도 흐르고 싶은 대로 흐르지 못하고
쉬고 싶을 때 쉬지 못하고
가고 싶지 않은 바다로 간다.

물들도 이 세상 사는 것이 힘들다는 것
혼자이고 싶은 때도 있다는 것
그래서 물방울이 되어 더 좋은 세상을 꿈꾸며
하늘로 떠올라 가기도 한다는 것을 알겠다.

왜 바다에 가서 물들이
그 큰 울음을 터뜨리는지도
이제 알겠다.

우리 사랑도 멀리서 그리워할 때가 더 아름답듯
강물도 멀리서 볼 때가 아름답다.

워킹 트리

가지를 늘여서 땅에 박아
새 뿌리를 만들어 걸어가는 나무가 있네.

땅 속에 아픈 발 박으며
몇 년에 한 걸음씩 걸어가는 나무가 있네.

걸어서 땅 끝까지, 하늘 끝까지
가 보고 싶은 나무
성자처럼 묵묵히 인내하며
하고 싶은 일을 하는 나무.

그 나무가 만든 녹색의 집에서
부르튼 발, 고단한 몸 쉬어가라 하네.
참된 평화와 안식을 누리다 가라 하네.

하늘의 구름도 바라보며
밤하늘의 별들도 바라보며
천천히 걸어서 가라고
내 옷소매를 붙잡는 나무가 있네.

밀레니엄 축제

1999년 12월 31일 밤
세계 곳곳에서 폭죽을 쏘아 올린다.
새 천년을 영접하려고
새 천년은 더 복된 해가 되라고.

이 지구상의 모든 사람들이 한마음으로
이천년을 향해
불꽃을 쏘아 올린다는 것은
얼마나 눈물나는 일인가
얼마나 엄청난 일인가.

너와 내가 한사랑이 되기 위해
하늘에 울려 퍼지는 환희의 노래가 되기 위해
영원의 불꽃 나무를 하늘에 심는다.

밤하늘에서 만개하던 불꽃들
그 불꽃들이 전 세계인의 마음을
하나로 용접하였다.
한 기도로 한 노래로 용접하였다.
튼튼하게, 뜨겁게 용접하였다.

어린 단풍나무

키 작은 어린 단풍나무
저도 단풍나무라고
선홍빛 물들었다

머리 빡빡 깎은 코흘리개 동승
저도 중이라고 잿빛 승복 입었다

어린 단풍나무와 동승이
떨어지는 단풍 잎새로 제기차기하고 있다

발에 채이는 단풍잎이
제 어미의 살인 줄도 모르고
제 평생 눈물 화두인 줄도 모르고

찬 바람 밀려올 때
제 몸을 바로 잡아주던 여름 바람 할아버지
징검다리 건너 저 멀리 사라지는데
꼬까옷 이파리 다 떨어져
발가벗은 어린 단풍나무 추워서 운다
산 아래 마을 개구쟁이 아이들처럼
울면서 발구를 때마다 조금씩 큰다

나뭇잎 벌레

곤충 전시장에서 나뭇잎 벌레를 보았다.

잎맥까지 노오랗게 단풍드는 것까지 닮은 벌레.
땅바닥에 떨어져 있었다면
나뭇잎인 줄 알고 무심코 밟고 갔을 벌레.

나뭇잎을 만든 솜씨와
나뭇잎 벌레를 만든 솜씨가 똑같다는 사실이
나를 경악케 한다.

왜 신은 나뭇잎 벌레를 만들었을까?
나뭇잎과 나뭇잎 벌레는 어떤 사이였을까?

가끔 풀 수 없는 수수께끼를
던져주시는 하느님.

할 수만 있다면
오늘 그의 비밀의 문을 열어 보고 싶다.
무궁무진한 이야기의 집 속에 들어가 보고 싶다.

지상의 불빛

어둠 속에서 보는 불빛들이
유난히 정답게 보일 때가 있다.
그리운 이의 얼굴을 마주보듯
서로 바라볼 때가 있다.
의지할 때가 있다.

강물에 어룽이며 흔들리는
불빛들의 춤.

불빛들이 잘 익은 사과처럼 보이는 날은
내가 살고 있는 이 땅이
따스한 집 같다.
낙원 같다.

밤 비행기에서 내려다본
이 지상의 불빛들은 얼마나 많은 것을
꿈꾸게 했던가?

달콤한 향기의 어둠 속
푹신한 검은 융단이 깔린 길을 걸어간다.

지상의 불빛들을 사랑하는 동안
이 가을 내가 불의 열매처럼 익으리라.
너를 따스하게 하리라.

천진암의 새

천주교 성지인 천진암 골짜기를 오르다 보면
늘 들려오는 목쉰 새 울음소리

"계집 죽고, 자식 죽고" 하며
슬피 운다는 새
언제나 똑같은 가사 똑같은 곡조로
산 속에 숨어서 우는 새

천진암 골짜기의 나무들
저 새 울음소리 때문에
기뻐도 기쁜 함성 지르지 못하고
슬퍼도 소리내어 울지 못한다

마음 약한 싸리나무들만
하얀 꽃 터뜨리며 소리 없이 울고 있다

추억 속으로

지금 그 영화 제목은 잊었지만
그녀를 못잊어
한평생 갖고 있던 그녀의 머리빗 한 개
그런 빗 같은 것이 내 마음에도 있었다.
내 그리움의 머릿칼을 빗기던
너의 말 하나.
그 말의 꽃나무에 어느 천사가
물을 주고 있었는지
그 말 이따금 꽃으로 피어나곤 했었다.
너에게 꺼내어 보여줄 수는 없지만
내 추억의 방엔 아직도 버리지 못하는
것들이 있다.
보석 같은 기억들이.

"사랑이 떨어지지 않게 했다"는 말

"광부의 월급으로 팔남매를 키우면서
광부는 땀흘려 일했고
그의 아내는 날마다 빨래를 했고
팔남매에게 사랑이 떨어지지 않게 했다"는
〈광부의 딸〉의 노랫말이
나를 감동시킨다.

빈 쌀통에 쌀을 채우면서
보일러 기름통에 기름을 채우면서
내 가족에게, 내 이웃에게
나는 사랑이 떨어지지 않게 무엇을 했는가?
나 자신에게 물어보고 또 물어본다.

도시로 나온 광부의 딸이
가난했지만 사랑으로 가득 찼던 산골집을
그리워하는 노래를 들으면서
식구들이 밥 먹고 잠자는 집은
세상에서 제일로 따스한 곳이어야 한다는 것을
가장 평범하고 작은 사랑이 위대한 사랑이라는 것을
다시 깨닫는다.

사랑은 멀리 있는 무지개나 별 같은 것이 아니라
항상 우리 곁에 있어야 하는 것
사랑은 일용할 양식이며 땔감인 것
떨어지지 않게 챙겨야 하는 것임을.

꺼지지 않는 등불

대한민국 임시정부 구지(舊址)
중국 상해시 마당로 306번지 4호.

재개발을 보류해달라고 청원하여
대한민국에서 관리비를 내는 곳.

나라를 빼앗기고
남의 나라 한구석에 세웠던
초라한 임시정부 사무실
그때 쓰시던 책상, 의자, 침대가 그대로 있네.

낡아가는 좁은 목조 계단을 오르며
조국이란 말을 다시 생각해 본다.

애국선열들의 독립정신이
영원히 꺼지지 않는 의의 등불을 밝히고 있는 곳.

독립지사들의 사진 앞에서
모두 뜨거운 눈물을 흘린다.
묵묵히 추모의 묵념을 올린다.

피는 확실히 물보다 진한 것, 뜨끈뜨끈한 것.

누구나 한 번쯤 애국동포가 되어 보는 곳
진짜 조선 사람이 되어 보는 곳.
대한민국 임시정부 구지.

독도, 우리들의 영원한 파수꾼이여

"내가 죽으면 동해 바다에 장사 지내라. 내 혼이라도
못된 왜구의 침략으로부터 나라를 지키리라"고 유언한
신라 태종무열왕 김춘추*의 짙푸른 호국의 혼이
파도 치는 동해 바다, 그 바다 한가운데 우뚝 버티고 서서
우리를 지켜주는 섬이여
우리의 믿음직한 파수꾼이여.

날 맑은 날 보면
독도와 경주 앞바다 태종무열왕릉과 경주가
황홀한 빛의 띠로 이어져 있는 것을 보느니
우리는 옛날부터 한 핏줄의 땅이었던 것
순열한 호국의 혼으로 뭉친 한 정신의 땅이었던 것

신라시대에도 걸핏하면 침탈을 일삼더니
36년간 우리나라를 빼앗고 온갖 악행과 수탈을 자행했던 일본이
그 치욕스러웠던 식민지의 고통을 이 악물고 참아냈던 사람들이
아직도 두 눈 시퍼렇게 뜨고 살아 있는데
잔혹한 침략의 만행을 반성하기는커녕
옛날엔 '우산국'으로 지금은 '독도'로
우리 겨레가 다정스럽게 부르던 우리의 섬을 이름까지 고쳐 짓고

자기네 섬 '다케시마'(竹島)라고,
우리나라를 침탈한 해(1905년)로부터 백년 되었다고
어찌 양심도 없이 일본 교과서에 올리는가?

이 세상에서 인간이 인간을 짓밟는
군국주의의 만행은 기필코 없어져야 하느니
가증스런 거짓과 억지와 간악한 강도짓에
우리는 불길 같은 분노를 도저히 억누를 수가 없구나.

독도여
억만 년의 해일과 지진에도 쓰러지지 않을
우리들의 불멸의 정신이여

하늘은 정의와 평화를 사랑하는 사람들의 편임을 믿느니
우리들은 너를 보면서 활화산 같은 힘을 얻는다.

독도여, 동해 바다여, 한반도여
우리 모두 손을 잡고
어떤 사악한 폭풍우가 몰아쳐 오더라도
일어서고 또 일어서자.

저 푸른 바다에서 날마다 다시 떠오르는 태양처럼
의와 사랑으로 이 세상의 어둠을 밝히면서
우리들의 영원을 향해 나아가자.

*태종무열왕 김춘추 : 신라 제29대 왕, 재위 654년~661년

단순한 사랑

"꽃 이쁘네
멍멍이 이쁘네
비뚜뚜(비둘기) 이쁘네
호랑이 이쁘네
사자 이쁘네"

사나운 짐승도 예쁘게 보는
저 티 없이 맑은 눈

어린이 동물원의 돼지 준다고
새우깡을 챙기는 아이

아가, 너는 오늘 나의 사랑 선생님이다.
주고 또 주어도 기쁘기 만한
하늘 마음의 사랑을 가르쳐 주고 있다.

물처럼 부드러운
단순한 사랑의 위대함을
보여주고 있다.

까레이스키

러시아 말을 쓰고 살고
안나로, 빅토르로 이름을 바꾸어도
달라지지 않는 피부
달라지지 않는 혼.

우리와 똑같이 김치를 담아 먹고 사는
우리 동포 고려인.

남의 나라에 얹혀 사는 죄로
애써 가꾼 땅 빼앗기고
이리 가라면 이리 가고
저리 가라면 저리 가야 하는
유랑민의 한 생애.

억울하게 죽임을 당해도
영양실조로 온몸이 비틀려도
굶어 죽어도
저들의 억울함 풀어줄 이 없느니
저들을 뭉개고 가는
잔혹한 역사의 수레바퀴여.

러시아의 차디찬 하늘 아래
얼음처럼 살아가는
우리 핏줄
그 이름 까레이스키.

진시황릉의 토용(土俑)들을 보고

죽어서도 천군만마 호령하며
왕노릇할 줄 알았던가.

저 많은 토용의 군사들과 병마용의 말들이
그를 위해 싸울 줄 알았던가.

이천이백년이 지나도록 흙으로 삭지 못하고
땅 속에서도 눈 부릅뜨고 있다가 밝은 세상에 나와서
진시황의 죄를 고발하고 있다.
만리장성도 그 오랜 세월의 비바람에도
무너지지 못하고
진시황의 폭정을 고발하고 있다.

토용을 만든 도공들도 다 죽이고
만리장성도 그 성을 만든 사람들의 무덤이라니……

그의 영혼이 타려 했다는
마차의 창문 열려 있고
청동의 말들 살아 있는 듯한데
천지 사방 불노초를 구하던 그는

그 많은 살육을 저지른 그는 지금 어디 있는가?

석류밭이 된 진시황릉 야산에는
그 옛날 억울했던 백성들의 가슴처럼
석류알들 빠알갛게 익어서 빠개지고 있었다.
옹이 박힌 얼얼한 피울음 하늘에 토해내고 있었다.

풀밭에서

무성한 풀잎 헤치니
지독한 땀 냄새

여름날 농부의 베잠방이에서 나던
바로 그 땀 냄새

흥건히 배인 땀으로
짓무른 풀들의 아랫도리

땅 한 뼘이라도 더 차지하려고
아침 일찍 일어나
땀 흘리며 일하는 풀들

민들레가 뿌리 뻗은 자리에
엉겅퀴가 예고도 없이 쳐들어오고 있다
개비름풀이 머리를 디밀고 있다

평화스럽게 보이는 풀밭도
늘 팽팽한 긴장이 감도는
치열한 생존의 싸움터

이름 모르는 풀꽃들이 무공훈장 같은
풀꽃들을 매달고 웃음을 터뜨리고 있다.

풀밭에서도 가끔 총소리가 들리고
화약 타는 냄새가 난다.

별

저 별들은
하늘의 광통신망 기지국들

우리가 잠든 동안에도 꿈으로
우리들에게 메시지를 보낸다.

아득히 멀리 떨어져 있어도
그리움은 그리움끼리 통하는 것

내 몸에 퍼져 있는
그리움의 광섬유 실핏줄
저 하늘의 광통신망에 연결되어 있다.

별들에게 어떻게 이메일을 보내는지
알 수는 없지만
내가 별들에게 사랑한다고 말하면
그 말 저 먼 별들에게 그대로 전달되리라.

별들이 나를 바라보듯
내가 별들을 바라보아 주면

별들도 캄캄한 어둠을 견디며
더 아름답게 반짝일 수 있으리라.

수를 놓다

무명천 위에 수놓인 꽃들이
분홍빛으로 나를 어루만진다.
나를 향해 웃는다.

저 작은 꽃들의 마술.

어느새 내 살 속에도 미소 같은
자잘한 꽃들이 피어나기 시작한다.

땅에 피는 꽃이나 수놓인 꽃이나
꽃은 꽃인 것
수놓인 꽃들도 꽃의 어여쁨을,
꽃의 설레임을 갖고 있다.

친구여, 너 이 세상 떠난 후
내 마음 둘 곳 없어 서러웠더니
저 수놓인 꽃들 보며 이제사
하얗게 빛바랜 내 마음의 천에도 꽃수 놓는다.
양수리 강물에 꽃등불 띄우듯
이별의 슬픔에도 꽃수 놓는다.

내 그리움의 꽃들 싱싱하게 피어나
햇살의 따스함으로 누군가에게 다가가
보이지 않는 더 많은 기쁨의 꽃들을
피우고 또 피우기를 바라면서
색색의 수실 풀어 꽃수 놓는다.

스테인드 글라스(stained glass)를 보며

성당의 천장은 왜 그리 높은가.
성당 안은 왜 그리 어두운가.

투명한 유리창으로
당당히 푸른 하늘을 보지 못한
인간의 어떤 슬픔이
유리창에조차 물을 들이게 했는가.

성당의 천장화를 그리다가
목도 등도 구부러졌다는
미켈란젤로*

오늘도 또 다른 미켈란젤로들이
성당의 천장에 그림을 그리고 있다.
유리창에 그들의 꿈빛깔을,
기도와 찬송을 새겨 넣고 있다.

닿을 길 없는 하늘을 향하여
영생의 소망을 담아서

*미켈란젤로(1475~1564) : 르네상스를 대
표하는 이태리의 화가며 조각가. 시스티나
예배당의 천장화 〈천지창조〉가 유명하다.

제6부

나의 별, 나의 천사

나의 별, 나의 천사

내가 깊이 잠든 동안
별이 내 얼굴을 복사빛으로
비추어 보고 간다는 별 이야기를
쓴 적이 있다.

추운 별 하나가 내 몸 속에 들어와
언 몸을 녹이고 간다는 별 이야기를
쓴 적도 있다.

외롭게 살지 말라고
잘못 살지 말라고
별과 천사를 우리에게 보내신 하나님

때때로 꿈속으로 와서
위험을 예고해 주며
붉게 익어가는 열매의 땅을
보여주는 나의 별, 나의 천사여

힘든 세상 살면서도
보이지 않는 이들의 사랑으로

너무나 행복할 때가 있다.
고마울 때가 있다.

별과 천사가
나와 함께 길을 걸어가고 있다.

들꽃들을 껴안으며

들꽃들이 나를 향해 달려오고 있다.
내 품속으로 쏙쏙 파고 들어오고 있다.

춥고 외로웠었구나.
산비탈에서, 논두렁에서
혼자 피었다가 혼자 지는 일은
참으로 쓸쓸한 일이라고
물끼 젖은 눈으로 말하고 있구나.

너희들을 사랑하는 일은
너희들을 바라보아 주기라도 해야 하는 것임을
오래 잊고 살았구나.

살아 있는 모든 것들은
사랑을 갈망하는 한 피붙이임을.

들꽃들을 껴안은 내 몸은 오늘
들꽃들의 기쁨의 집이 되었다.

이 가을 더 먼 곳에선

다른 꽃들과 곱게 물든 나무들이,
몸 차가워져 가는 강물과 바다가
나를 기다리고 있다.

이 세상에는 고맙게도 그리움의 꽃등불 밝히고
나를 기다리는 것들이 너무나 많다.
아직 가 보지 않은 곳이 너무나 많다.

동백꽃

섬이 온통 동백꽃 천지라던
그 섬에 가 본 적은 없지만
서해바다 외딴 섬에서
네가 꺾어다 준 동백꽃 가지
내 스무 살의 방을 환하게 밝혀주던 동백꽃 가지
진홍의 꽃등이 되어
내 가는 길의 어둠을 밝혀 주고 있네.
그 봄에 동백꽃을 따라온 바다도
여직 내 곁에서 출렁이고 있네.

초봄이면 연둣빛 바다에
무수히 떠오는 동백꽃들
죽었다가도 살아나고 또 살아나는
질긴 목숨의 꽃이여
새나 나비가 되어서라도
저 수평선 한 번 넘어가 보아라
이별 없는, 기쁨만이 있는
신생(新生)의 나라로 날아가 보아라.
이 서러운 바다만 떠돌지 말고.

쉴 새 없이 파도치는 이 망망한 바다에서는
물거품 같은 우리 사랑
작은 동백꽃으로 수천 수만 번 핀다 해도
어느 날 흔적도 없이 사라지고 마는 것을……

차디찬 바다에 꽃섬이 되어 떠도는 아득한 사랑이여
동백꽃으로만 살아서 내게 오는 사랑이여
사랑이 이렇게 길고 긴 이야기임을 몰랐네
한평생 버릴 수 없는 바다이며
피고 또 피는 꽃나무인 것을 몰랐네.

혈서

가을 나무들이 하늘에 혈서를 써 올리고 있다.
이 지상에서 영원히 살고 싶다고 쓰고 있다.
노란 피의 나무들은 노란 핏물로
붉은 피의 나무들은 붉은 핏물로 쓰고 있다

곱게 물든 간절한 서원의 마른 잎들
땅에 떨어뜨리면서
바람도 목이 메어 울먹이는데
그래도 믿을 것은 하늘뿐인가
몇 천 년 몇 만 년 동안이나
나무들은 그 짓을 하고 있는가

가을이면 나무 잎새마다 황홀한 꿈처럼 쓰여 있는
'영생'이란 글자들이
비수처럼 내 살을 친다.
깊은 산사의 저녁 종소리처럼
내 가슴의 골짜기에 오래 오래
청동의 울음 소리로 울려 퍼진다.

이 가을 온몸으로 기도하며 쓴

나무들의 혈서
장밋빛, 밀감빛 등불 되어
어둠 속에 켜지고 있다.

마지막 이별의 시간까지
따스한 이불이 되어
차디찬 조락의 가을 들판을 덮어 주고 있다.

벚꽃 나무에게

해마다 만개하는 벚꽃 나무, 네가 부러웠다
밀월을 꿈꾸는 수많은 분홍의 방들이.

그 방을 드나드는 부푼 바람과 달빛들이
달콤하게 녹아 내리던 봄날
꽃피지 못하고 피 흘리고 쓰러졌던
우리들의 젊은 날을 생각한다.

총성이 천지를 뒤흔들었던 그 사월에
우리들도 분명, 연두색 이파리를 자랑하던
속으로 분홍의 꽃망울을 키우던
물오른 꽃나무였었다.

상처를 꽃이라고, 사랑이라고 말할 수 없었던
춥고 암울했던 날들
아직도 검은 응혈로 남아 있는 우리들의 사랑을
한 번 활짝 꽃피우고 싶다.

벚꽃 나무여. 우리들의 주름진 살에
너의 뜨거운 화혼을 불어 넣어다오.

너의 신선한 꽃의 피를 수혈하여다오.

꽃피고 또 꽃피어서 너와 어깨동무하고
우리들의 스무 살, 그 순수시대의 길로 걸어가 보고 싶다.
봄꽃 나무답게, 당당하게
눈부신 사월의 꽃길을 걸어가 보고 싶다.

복(福)자를 보며

어느 날부턴가
'복'이라는 글자가 보이기 시작했네

베갯모나 이불깃에 수놓인
은수저나, 칠첩 반상기에 새겨진
'수복(壽福)'이라는 글자
저 연못에 떠 있는 연꽃잎 위에도
장미꽃잎 위에도 써 있네.

분홍빛 꽃잎 위에는 분홍빛으로
초록색 잎새 위에는 초록색으로
하나님이 써 놓으신 글자
우리가 가는 길 위에도 써 있네.

복 많이 받고 살라고
복이라는 선한 열매 거두고 살라고
나무마다, 돌멩이마다
써 놓으신 그 축복의 글자들
함부로 밟고 갈 수 없는 길
잘못 살아서는 안 되는 길

복이라는 글자 내 몸에 잠언처럼
새기며 가네.

'복'이라는 글자
어느 날은 천사의 손이 되고
어느 날은 따스한 밥이 되네.

은행나무 등불

가을마다 황금의 축제를 벌리는
은행나무여.

먹을 수도 없는 황금의 떡과 과일
황금의 진수성찬
황금의 잔에는 물 한 방울, 술 한 방울 없는데
축제를 위하여 수만의 노란 잎 등불을 켜든 은행나무여.

당신의 축제에 와서
우리는 마른 목 한 번 축이지도 못하고
눈부신 당신의 황금빛 불빛만 바라보고 있다.
황금의 성만 바라보고 있다.

그러나 이상하게도
당신의 순금의 등불을 바라본 뒤로
내 마음 속에도 은은한 등불 하나가 켜지기 시작했다.
창호지 문에 얼비치던
국화꽃 향기나는 등불 하나가.

가을 내내 나는

그 등불의 따스함 속에 있었다.
그 등불의 향기 속에 있었다.

아우라지 강물

이게 얼마만인가
몇 십 년 몇 백 년 만인가?

암물과 숫물이 만나
땅 속으로 잦아들듯 소용돌이치는 강물

아무리 헤어지지 않으려 해도
껴안고 또 껴안아도
어쩔 수 없이 손 놓고
떠밀려 가야 하는 물의 숙명

구름 되었다가, 비 되었다가
강물 되었다가, 바닷물 되었다가
얼음 되었다가, 눈보라 되었다가
이 세상 땅덩어리 차디찬 꿈의 하늘을
몇 바퀴 더 돌고 돌아야
우리 또 다시 만날 수 있을 건가?

깨어지고 부서질수록
더 아름다운 물꽃 피우는 물도

그리움에 목 맨 목숨이었구나
눈물이었구나.

아라리 아라리 아라리요

이룰 수 없는 영겁의 사랑이여

정선땅 산골짜기 굽이굽이
아우라지 강물이 흐느낀다.

시퍼렇게 날이 서서 흐느낀다.
하늘빛으로 흐느낀다.

산호사 해수욕장에서

연록빛 바닷물 속을 걸어가면
산호가루 모래 속에 발 푹푹 빠진다.
산호왕국의 멸망사 한 줄 적힌 곳 없는데
검게 탄 바위만 화산의 역사를 증언하고 있구나.

하얀 산호의 골해로 이루어진 모래밭
바닷물이 억만 번 파도쳐 와도
저 뼛가루들 살아 있는 산호로
부활시키지 못하는구나.

죽은 산호로 내 발에 껄끄럽게 밟히지 말고
살아서 오라.
꽃으로 피어나는 숨쉬는 생명으로 오라.

적멸의 아름다움보다
살아 있는 아픔의 살덩이라도 만져보고 싶나니
바닷물 속에서 희희낙락하는 너희들의 나라를
보고 싶구나.

화산불에 타서 죽은

끓는 용암에 묻혀서 죽은
억울한 혼령들이 소울음 우는 섬
우도를 떠나지 못한 까마귀들만
검은 상장처럼 떼지어 날고 있구나.

보석전에서

루비에는 꽃의 붉은 색이
비취에는 나무의 연두색이
오팔에는 하늘의 무지개가
터키석엔 출렁이는 푸른 바다가
다이아몬드엔 밤하늘의 영롱한 별빛이 배어 있다.

수정은 투명한 물이 굳어서 된 돌?
그러나 저 투명한 수정도 자세히 들여다보면
물과 함께 놀다가 영영 하늘로 돌아가지 못한
햇살들이 보인다.

보석이 귀한 것은
그 빛깔도 빛깔이지만
누군가와 지극히 사랑한 흔적이,
사랑의 눈부심이 남아 있기 때문이다.

함께 사랑하며 살다가
함께 죽어서 돌이 된 보석들

참으로 순열한 사랑의 혼이
살아서 반짝이고 있다.

펜지꽃들을 보며

내가 어린 날 따라다니다 못 잡은
그 노랑나비 같다.

이제 마음놓고 잡아보라고
땅에 피어 있다.

날아라 날아라 해도 날지 않고
조용히 웃기만 하는 꽃
날지 않아도 행복한 꽃.

"낮은 산이 더 낫다"고 한
어느 등산가의 말처럼
이제야 낮은 곳에 있는 것들의
편안함이 보인다.

저 작은 꽃들이
단순한 생의 기쁨을
지금 나에게 보여주고 있다.

낮은 곳에 있는 작은 것들이 아름답다.

바다는 너를 나에게 데려다 준다

바다여 너는 왜 희미해져 가는
옛 추억의 화면을 재생시켜
다시 돌려주는가?

네가 나에게 하던 말
너의 모습 생생하게 살아난다.

사랑은
기억의 창고에 버려져 있었을 뿐
결코 죽는 것이 아니던가?

하이얀 파도를 보기만 해도
내 몸에서는 기쁨의 꽃이 피는데
바다에 갈 때마다
바다는 열 번이고 백 번이고
너를 나에게 데려다 준다.
사랑의 설레임 속에 나를 던져 넣는다.
내 온몸이 사랑으로 가득 찰 때까지.

바다를 혼자 보는 일처럼

쓸쓸한 일은 없다고.
다시 사랑하라고.

아름다운 나라

몽고 갔다 온 친구가 말하네.

들판엔 꽃도 꽃도 지천이고
밤하늘엔 별도 별도 지천이더라고
별들이 입 속으로 마구 들어오더라고.

그 꽃들, 별들 보니
살아 있다는 것이 너무나 고맙고
정신이 번쩍 나더라고.

징기스칸이 다른 나라를 정복하고
몽고족이 중국에 청나라를 세운 것도
그 꽃들의 힘, 별들의 힘 아니었을까?
그 힘 바로 쓰지는 못했지만.

하찮게 보이는 들꽃들의 힘
저 멀리서 오는 별들의 힘
이 세상을 아름답게 세우는 엄청난 힘임을
나 이제 알겠네.

이 봄에 새로 핀 꽃들의 힘, 잎새들의 힘이
지난 겨울에 쓰러진 것들을 일으켜 세우고 있느니
지금 내 몸 속에도
수천 수만의 꽃들이 피고, 새들이 울고
수천 수만의 말들이
푸른 초원을 힘차게 달려가고 있다.

흰 국화에게

하얗게, 정결하게 피어난 것이
무슨 잘못이라고
장례식장으로 끌려 다니며
죽음을 덮는 목숨.

너의 생목숨을 꺾어서
사람들의 슬픔을 위로하는 풍습
참으로 미안하고 미안하구나.

마음의 꽃을 바치면 될 것을⋯⋯

활짝 피자마자 꺾여서 조화(弔花)가 되어
검은 리본 두르고
애통한 울음 소리 들으며
시들어야 하다니.

다음 생에서는 진홍의 꽃으로 태어나던지
아니면 차라리 이름 없는 풀꽃으로 태어나거라.

억울하지 않게, 흰 국화여
부디 하나님께 빌어서.

제 **7** 부

봄꽃들

봄꽃들

봄날의 꽃핀 나뭇가지들을 보아라
꽃송이 내밀 수 있는 곳은 한 곳도 빼놓지 않고
홍역 열꽃 퍼지듯 피어 있는 꽃들

그냥 대강 핀 꽃들은 없다.
적당히 핀 꽃들은 없다.

온몸 다닥다닥
온힘을 다하여 피어 있다.

개나리, 벚꽃, 진달래꽃, 철쭉……
불사의 화혼으로 만개해 있다.

봄꽃 나무들이 목숨 바쳐 이루어낸 봄
참으로 눈부시다.

강아지풀

비 오면 비 맞고
바람 부는 대로 흔들리며 살아도
그냥 살아 있는 것이 고마워서
천진한 어린아이들처럼
웃고 또 웃는 강아지풀들

강아지풀들의 선한 웃음이 여름내
들판에 선한 마음들을 심고 있느니
들판의 상처를 부드럽게 쓰다듬고 있느니

가을 찬바람이 몰아쳐
제 허리가 꺾일 때에도
바람이 장난치는 줄 알고
털북숭이 꼬리를 흔들며 좋아하는 강아지풀들

저 맑고 순수한 영혼 앞에서는
우리들도 결국은
순하고 착한 풀들이 될 수 밖에 없느니

이 땅에 천사로 온 풀들이 만들어 가는
선하디 선한 세상
참으로 아름답구나.

꽃 정원에서

아무리 전지전능하신
하나님이라 해도
지극한 사랑 마음 아니고는
어찌 저리 고운 꽃들을
만들어 낼 수 있었으리.

저 수줍은 연분홍의 장미꽃을
처음으로 받은 하나님의 연인은
누구였을까?

꽃 정원을 거니는 날은
저 꽃들을 만든 신의 위대한 사랑 앞에
진실로 무릎 꿇고 경배하고 싶다.

꽃들을 바라본다
저 절정의 환희의 빛깔들을, 치열한 불꽃들을
아름답고 향기로운 신의 불멸의 사랑을
내 두 눈으로 똑똑히 본다.

저 광활한 우주 속에 숨어 있는

보이지 않는 꽃 같은 사랑은
무궁무진한 사랑 이야기는
또 얼마나 될까.

목각의 원앙새 한 쌍

네가 참 이쁘다며 나에게 준
목각의 원앙새 한 쌍
이제 울 때도 되었는데
날아갈 때도 되었는데
내 앞에서는 울지를 않네
날아갈 생각을 않네.

곱게 칠보단장하고
새색시 새신랑 모습 그대로
앉아 있네.

오랜 세월, 세파에 시달린 주름진 손으로
쓰다듬어본 원앙새 한 쌍
따스하게 살아서 숨쉬고 있네
오색의 날개도 빳빳하게 세우고 있네.

나 혼자 있어도 정말 괜찮으니
이제 그만 저 하늘로 훨훨 날아가거라.

무한 천공을 날아가는 기쁨을

하늘의 무지개로 뜨는 기쁨을
마음껏 누리면서 살아보아라.

오늘 나의 가장 큰 원은
너희들의 힘찬 비상을 바라보는 것이니
너희들의 환희에 찬 울음소리를 들어보는 것이니.

천앵금

하늘의 앵두
눈으로만 먹는다.
눈으로만 사랑한다.

눈으로만 먹어도 배부른 열매
눈으로만 튕겨도 소리나는 열매

눈발 속에서도 빠알갛게 익어
천상의 가야금 소리로
울리고 있다.
너와 나를 진홍빛으로 물들이며
애절하게 울리고 있다.

하늘나라에도 눈물 젖은 사랑 있는가.
이루지 못하는 통한의 사랑 있는가.

산국(山菊)

노오란 꽃잎의 국화야
네 몸에서는 진짜 국화꽃 향기 난다.

진짜 눈물의 향기
진짜 슬픔의 향기
진짜 사랑의 향기 난다.

여름날의 불볕과 폭풍우를 참아낸
인내의 약꽃 향기
억새잎 칼에 살 베인 바람도
네 꽃향기 맡고 상처 아물어
먼 길 떠나느니

국화꽃 향기 나던 사람이여
우리 오래 된 사랑의 향기
저 산비탈의 국화꽃에서도 난다.
죽어도 못 잊는 사랑의 향기
저 작은 꽃나무에서도 난다.

등꽃

눈보라, 비바람 속에서도 무거운 짐 지고
몸 바로 펼 날 없이
등뼈를 휘면서 살아온 삶
꼬이고 뒤틀린 고통의 가지에도
어설픈 꽃 같은 것들 땀 흘려 피워냈거니
사랑하고, 미워하고, 아팠던 상처들
이제는 두터운 껍질로 아물고
하늘을 향해 뻗어온
간절한 염원의 가지들 서로 엉켜
오월 훈풍 속
보랏빛 꽃집 한 채 만들고 있네.
보랏빛 꽃등불들 매달고 있네.

질경이

길바닥이나 길가에 태어나
천민처럼 살아가는 풀들아
폭우가 할퀴고
사람들 발길에 짓밟혀
흙모래 구멍 난 잎사귀들아
네 몸뚱이 성할 날 없으나
어느 거친 발길에도
네 생명의 등불 꺼지지 않는구나.

사람보다 더 많이 참고 사는 풀들아
네 쓰디쓴 눈물로 키운 뿌리가
병든 이들의 약이 된단다.

오늘 네 인내의 뿌리를 달인 물을 마시며
너의 희생과 인내를 배우고 있다.
이 세상에 하찮게 보이는 풀들도
성자의 혼을 가진 귀한 것들임을
깨닫고 있다.

루이즈 호수*에서

빅토리아 설산 아래
아무도 훔쳐가지 못하게
차디찬 푸른 물로 녹아 있는
신의 보석이여

누가 저 물 위에 핀 햇살의 장미꽃들을
꺾어다 줄 수 있으리

우리에게 사랑의 마술을, 꽃의 마술을 걸고 있는
황홀한 사랑의 광채

반짝이는 수많은 꿈꾸는 물의 눈동자여
명왕성까지도 함께 손잡고 도망가고 싶은
푸른 물의 유혹이여

저 신비한 호수의 물빛 앞에서
보석이 되지 않는 사랑이 어디 있으랴
꽃이 되지 않는 사랑이 어디 있으랴

신은 저 비경의 사랑빛을

우리들에게 보여주시려고
얼마나 많은 에메랄드를 아낌없이
저 호수에 던져 버리신 걸까

아름다운 사랑을 꿈꾸며
서로 사랑하고 살라고.

*루이즈 호수 : 캐나다에 있는 물빛이 아름다운 호수

황금 소나무

멸종되었다던 황금 소나무 한 그루
푸른 소나무들 사이에 당당하게 서 있네.
어떤 사악한 어둠의 세력도 모두 물리친
기운 센 장수처럼 서 있네.

황금의 칼로 베어 버린 검은 어둠
다시는 그대를 넘보지 못하리.

그대 그 자리에 천 년 만 년
튼튼한 거목으로 살아 있다면
이 세상 어딘가에 살아 있을
전설 속의 봉황새도 금시조도
그대 눈부신 모습 보러 오리.
가슴 시린 사람들
변함 없는 사랑을 빌러 오리.

아침 햇살을 받아 번쩍이는 그대의 광채를
온몸으로 받느니
내가 처음으로 입어보는 황금 광채의 옷 한 벌

황금 소나무여
그대 황금의 기운 온 천지에 불어 넣어
먹물 같은 세상도 환하게 살게 해다오.

그대의 광채를 순금의 사랑으로 받느니
순금의 정신으로 받느니.

내 유년의 정원

아버님이 가꾸시던 우리집 마당의 과일나무, 꽃나무들은 저에게 얼마나 아름다운 세상을 꿈꾸게 했던지요. 달빛은 왜 그리 폭포처럼 쏟아져 내렸던지 지금은 알 것 같습니다. 나무들이 아낌없이 주던 사랑과 달빛과 나무들이 얼마나 서로 사랑했는지도.

한 그루의 나무가 주는 힘은 수백 권의 책이 주는 힘보다 크다는 것을 깨닫습니다. 잎새마다 써 있던 하늘의 글자를 읽을 수는 없었지만 제 어린 살 속에 생명의 진실과 참사랑을 불어넣어 주던 잠언의 글자들 아직도 저를 지켜주고 있습니다. 저를 푸른 길로 인도하고 있습니다.

이 봄, 흙덩이를 들추고 솟아나는 배추 새싹 하나가 제 손은 떨게 하고 있습니다. 저 작은 새 생명의 기쁨이 저를 눈물나게 합니다.

아버님. 나이들면서 그 나무들이 간절히 보고 싶습니다. 우리와 한 가족이었던 나무들, 그 따스했던 사랑의 정원 이 세상 어디에서 또 찾아볼 수 있을까요?

아버님이 가꾸시던 정원은 제 마음 속에 언제나 그리운 풍경으로 남아 있습니다. 향기로운 꽃밭으로 남아 있습니다. 아버님, 지금은 하늘나라 어느 곳에서 아버님이 그토록 사랑하시던 나무들을 키우고 계신지요?

소양호에서

마음대로 흐르지 못하는
저 갇힌 물들을 어찌할까.
웃지도 울지도 못하고 침묵하고 있는
저 물들은 그대로 심장이 굳어져서
돌이 될 것만 같다.
사파이어나 비취 같은 청보석이.

깊이도 모르는 시퍼런 상처의 물 속에서
녹슬고 있는 청동의 물종들을
어느 바람이 울릴 수 있을까.

그러나 나는 보았다.
청평사를 향하여 가는 배가
물살을 가를 때마다
번쩍이는 물들의 파아란 불꽃들을.

몇날 며칠을 침묵하고 있다 해도
파아란 불꽃들을 품고 있는 한
소양호는 굳어져서 결코 바위가 되지는 않으리라.

소양호는 다만 참고 있을 뿐이다.
울울창창한 물나무들을 품고
거대한 폭포로 흘러내릴 날을
묵묵히 기다리고 있을 뿐이다.

맑은 물을 찾아서

온종일 바라보아도 참 좋은 물
아기 같은 물, 연인 같은 물
눈동자 같은 물이 이 산골짜기에 있네.

내가 한평생 찾아 헤매이던
맑디맑은 시와 사랑이 이 오지에 있네.

이제는 몇 백 리씩 차를 타고 가야
만날 수 있는 맑은 물
아름드리 나무들 울울창창한
바위틈에서 솟구치고 있네.

투명한 물이 되어 반짝일 때까지
물처럼 울어도 보라고
부서져도 보라고
물들이 큰소리 치며 흘러내리고 있네.

절대로 어둠 속에 쓰러져 눕지 말고
빛으로 천 번, 만 번 일어나라고
눈부신 빛살 보여주며 흐르고 있네.

맑아서 위풍당당한 저 물들
세상 때 묻은 내 헌 목숨 속에
환희의 물기둥 하나 세우고 있네
저 큰 산도 하늘 속에 우뚝 세우고 있네.

날 맑은 날에는 하늘까지 울려 퍼지는 물종소리
생명의 샘물 소리
온 산에 빛의 음악으로 울려 퍼지고 있네.

몽돌 해안에서

바다여
저 돌들이 무엇을 잘못했는가

신의 보석을 숨겼는가
신의 사랑을 훔쳤는가

하루에도 몇 번씩
돌의 몸 뒤집는 바다여

몽돌 부딪치는 소리
참으로 애절하구나.

스스로 몸 굴려 멀리로 도망도 못가는
저 우직한 돌들을
이제 그만 물의 감옥에서 풀어 주어라.

힘센 바다여 제발
백 년 천 년 훈련시켜도 용병도 되지 못하는
저 멍청한 돌들을
멀리 멀리 던져 버리거나

세차게 밀어 올려서라도
풀꽃 향기 스미는 편안한 땅으로 보내 주어라.

나무에게

보금자리 없는 그대와 나의 떠돌이 길.
찬바람 골수에 맺혀
노숙의 나날들 더는 견딜 수 없구나.
찬 이슬 젖은 말들, 찬 별 섞인 말들
모두 버리고 떠날 때
하늘로만 치솟던 허구의 바벨탑들
어이 없이 무너져 내리고 있구나.
흔들리고 부서지는
사랑이란 말의 벽에 기댔던 어리석음
사람보다도 따스한 나무여
오늘 너는 나의 벽이 되고
나의 집이 되는구나.
너처럼 편안한 만남 이 세상엔 없느니
참으로 오랜만에 네게 기대어
푸른 잠 속으로 침몰하리라.

복사꽃 필 때

복사꽃 필 때 십 리, 이십 리
복사꽃 길을 따라서 걷다 보면
우리네 목숨꽃 환하게 피어
아무리 캄캄한 어둠 속도 걸어갈 수가 있네.
꽃등불 밝히며 걸어갈 수가 있네.

복사꽃 필 때 백 리, 천 리
복사꽃 향기에 취해서 걷다 보면
사랑이 수밀도처럼 익는 나라
저 하늘의 무릉도원까지 걸어갈 수가 있네.
꿈꾸며 걸어서 가볼 수가 있네.

미역국을 끓이며

따스한 바다를 너에게 주기 위해
미역국을 끓인다.
바다를 끓인다.

바다처럼 아이들을
푸르게 키워내기 위해
아기를 낳고 이 땅의 어머니들이 먹었던 미역국

바다처럼 힘차게 살라고
바다처럼 영원히 죽지 말고 살라고
아이들의 생일에 어머니가 끓여 주었던 미역국

미역국은 우리 살 속에서
바다가 되어 출렁인다.
하늘을 품고 출렁인다.

마음이 시리거나
어머니가 그리울 때마다
어머니의 눈물 같은 미역국을 끓인다.

쉴 새 없이 바람 불어와 풍랑 그칠 날 없는
내 생의 바다에 떠오르는
눈부신 불덩이의 해를 보려고
내 마음 속의 차디찬 바다를 끓인다.

조인자 시집

그리운 달빛

•

지은이 / 조인자
펴낸이 / 김재엽
펴낸곳 / **한누리미디어**
디자인 / 지선숙

•

121-840, 서울시 마포구 서교동 395-13 서원빌딩 2층
전화 / (02)379-4514, 379-4519
Fax / (02)379-4516
E-mail/hannury2003@hanmail.net

•

신고번호 / 제300-2006-61호
등록일 / 1993. 11. 4

•

초판발행일 / 2011년 9월 20일

•

ⓒ 2011 조인자 Printed in KOREA

•

값 8,000원

•

※잘못된 책은 바꿔드립니다.

•

ISBN 978-89-7969-398-0   03810